「치매예방을 위한 인지능력향상 뇌건강학습지」

인지영역을 8가지로 분류하여 다양한 맞춤훈련을 통해
두뇌를 자극하고 나의 뇌세포를 깨워보세요!
인지기능저하를 예방하는 인지훈련 학습지입니다.

뇌건강 학습지의 특징

- 뇌건강학습지는 인지능력향상을 위한 기억력, 지남력, 지각력, 집중력, 시공간력, 언어력, 계산력, 판단력 등 8가지 인지영역들을 선정하여 개발되었습니다.
- 학습지는 단계별 난이도를 조절하여 1~4주차로 되어있습니다.
- 학습자의 수준을 고려하여, 흥미를 느낄 수 있도록 개발되어있습니다.
- 학습자를 위해 그림과 글씨는 최대한 크게 개발하였습니다.
- 인지능력을 전반적으로 향상시킬 수 있도록 구성되어있습니다.

뇌건강 학습지 활용 방법

- 일주일에 2~3회 이상 모든 영역을 골고루 풀 수 있도록 합니다.
- 연필로 작성하는 것이 좋으며, 틀리면 지우개를 사용합니다.
- 학습지를 푸는 방법을 충분히 설명합니다.
- 문제 푸는 방법을 어려워하는 경우 정답을 바로 알려주지 않고 힌트를 제공하며 학습자가 맞추실 수 있도록 지도합니다.
- 효과적으로 문제를 풀 때는 마감시간을 알려주어 시간을 조정합니다.
- 활동지를 해결한 후에는 자신이 답한 것을 발표하도록 합니다.

 **1. 동네 한바퀴**

 우리 집을 중심으로 동네 주변을 그려보세요.
(상점, 정류장, 지하철, 병원 등)

집

① 내가 자주 가는 곳은 어디인지 표시해보세요.

② 우리 동네 맛집을 소개해주세요.

 아래 그림과 시간을 보고, 시간 순서에 맞게 번호를 적어주세요.

오후 8:30

오후 4:45

오후 12:30

오전 11:00

오전 8:00

오후 2:00

 # 1. 다른 그림 찾기

1 아래 보기의 그림을 잘 보고 나무에 없는 단풍잎을 찾아보세요.

보기

① ② ③ ④ ⑤ ⑥

2 가장 기억에 남는 추억의 단풍놀이를 기억해보세요.

지각력 2. 그림자 찾기

 아래 보기의 그림을 잘 보고 그림과 일치하는 알맞은 그림자를 2개 찾아보세요.

보기

①

②

③

④

⑤

⑥

⑦

⑧

⑨

집중력 1. 설명하는 그림 찾기

1 설명하는 도시락을 찾아 연결해주세요.

●   ●

쌀밥
계란후라이
콩자반
멸치볶음

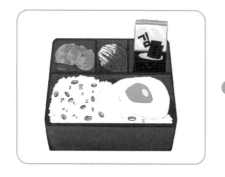

●   ●

보리밥
계란후라이
분홍소시지
김

●   ●

보리밥
계란말이
분홍소시지
김

2 나에게 기억에 남는 도시락 반찬은 무엇인가요?

집중력 2. 그림 찾기

 아래 그림카드를 잘 보고 질문에 답해보세요.

1 하트 모양 카드는 몇 장 인가요?

2 카드 바탕색이 초록색인 카드는 몇 장인가요?

3 빨간색 모양을 가진 카드는 몇 장인가요?

 영희씨는 여름에 베트남 여행을 가려고합니다.
여행시 필요한 물건을 따라가 연결해보세요.

출발!

여권 ➡ 선글라스　　삽　　체중계　　화분

빗자루　　모자　　칫솔치약　　속옷　　지우개

주전자　　리모콘　　로션　　양산　　망치

침낭　　풍선　　비누　　줄자　　장구

팽이　　목도리　　운동화　　여벌옷　　부채

》》》 도착!

8

 **판단력** ## 2. 분리수거 하기

 분리수거를 하려고 합니다.
아래 분리수거 통에 맞게 분류하여 적어보세요.

종 이 　　　유리 병류 　　　플라스틱

택배박스　　　요쿠르트 용기　　　소주병

샴푸통　　　종이컵　　　세재 용기

고추장 용기　　　신문　　　쨈병　　　공책

커피병　　　생수용기　　　책　　　맥주병

 # 1. 조각을 찾아보세요.

1 보기의 그림을 보고 그림에 사용된 알맞은 조각을 찾아보세요.

①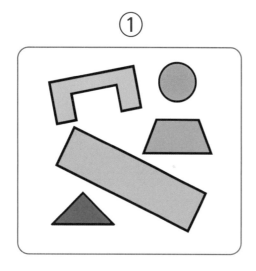

②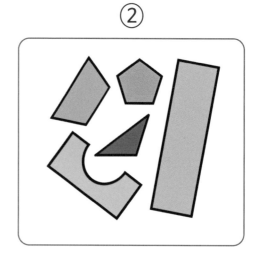

③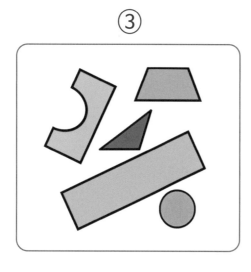

④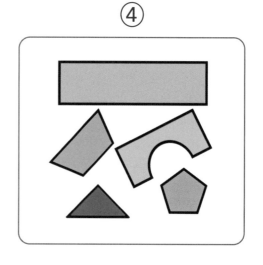

2 우리 집 현관문에 들어갔을 때 가장 먼저 보이는 문은 어떤 문인가요?

2. 겹쳐 그리기

 보기의 그림을 보고 하나씩 겹쳐서 그려보세요.

보기

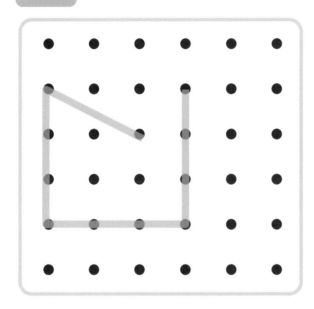
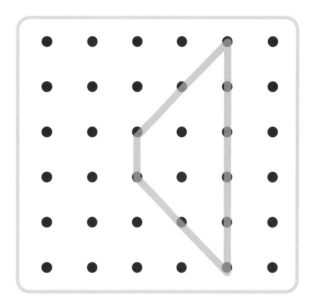

1. 입장료 계산하기

온가족이 함께 어린이 대공원에 놀러갔습니다.
아래 인원에 맞는 입장료를 계산해주세요.

어린이 대공원 매표소

구분	어른 (19-64세)	청소년 (13-18세)	어린이 (7-12세)	어르신 (65세 이상)
평일	3,500	2,500	1,500	무료
주말	5,000	3,000	2,000	무료

- 6세 이하 아동은 무료입장
- 20인 이상 단체는 10% 할인 적용

1 아래 인원에 맞는 평일 입장료를 계산해보세요.

총 합계

할머니(65세), 할아버지(70세)
아빠(52세), 엄마(50세), 철수(10세)

2 가장 기억에 남는 가족모임 또는 가족여행은 언제였나요?

 계산력 2. 같은 값 연결하기

 값이 같은 것끼리 연결해보세요.

 보기의 단어와 비슷하지 않는 단어를 찾아 동그라미 해보세요.

보기

| 행복 | 기쁨　질투　감사 |

| 치장 | 초라　단장　장식 |

| 도피 | 피신　등장　도망 |

| 확신 | 장담　고민　자신 |

| 걱정 | 근심　염려　희망 |

 **2. 끝말잇기**

처음 시작된 낱말의 끝말을 이어가보세요. 한 줄을 다 채우면
마지막 낱말의 끝말을 다음 줄 왼쪽부터 시작하세요.

복숭아	아가미		

✐ 오늘 나의 하루 기록하기

_____ 년 _____ 월 _____ 일 (_____ 요일)

오늘의 날씨

오늘의 기분

한 일	

먹은 음식	아침
	점심
	저녁

만난 사람	

아래 그림에서 영숙씨와 순자씨가 구입하려 하는 물건을
잘 기억해보세요.

영숙씨

순자씨

기억력 1. 장보기 그림 찾기

1 앞장에서 영숙씨가 구입하려 했던 물건을 모두 동그라미 해보세요.

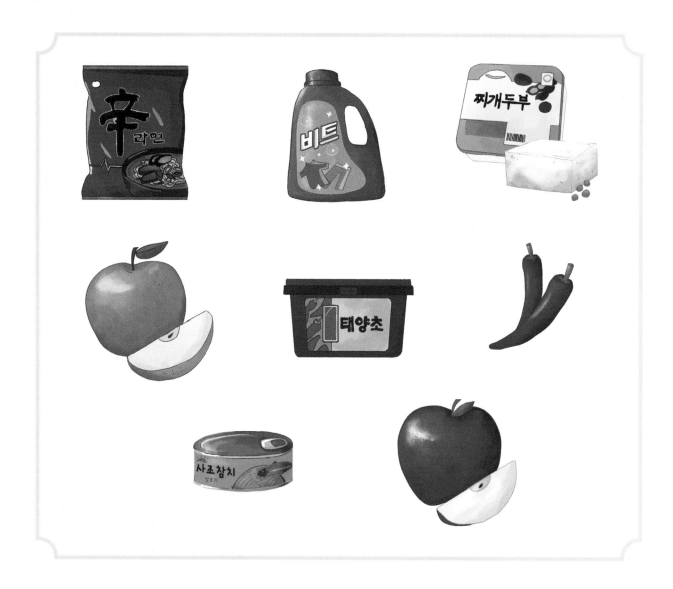

2 최근 장보기에서 구입했던 물건 중 기억나는 것들을 모두 적어보세요.

치매 예방을 위한 인지 능력 향상

뇌건강 학습지 4주차

초판 1쇄   2022년 12월 22일

지은이   유순덕
편집   원미영, 김문주
펴낸곳   예감출판사
펴낸이   이규종
등 록   제2015-000130호
주 소   경기도 고양시 덕양구 호국로627번길 145-15
         서울 마포구 토정로222 한국출판콘텐츠센터 422-3
전 화   02-6401-7004
팩 스   02-323-6416
I S B N   979-11-89083-85-4

값 3,500 원